广西 2014 — 2015 年重点文学创作扶持项目

八桂颂

BA GUI SONG

石才夫 著

广西人民出版社

图书在版编目（CIP）数据

八桂颂 / 石才夫著. —南宁：广西人民出版社，2016.3

广西2014～2015年重点文学创作扶持项目

ISBN 978-7-219-09790-8

Ⅰ. ①八… Ⅱ. ①石… Ⅲ. ①诗集–中国–当代 Ⅳ. ①I227

中国版本图书馆CIP数据核字（2016）第020186号

策划编辑 吴春霞
责任编辑 曾蔚茹
责任校对 林晓明
印前制作 麦林书装
版式设计 李彦媛
封面设计 广大迅风艺术
姚明聚

出版发行 广西人民出版社
社　　址 广西南宁市桂春路6号
邮　　编 530028
印　　刷 广西民族印刷包装集团有限公司
开　　本 787mm×1092mm 1/16
印　　张 13.25
字　　数 100千字
版　　次 2016年3月 第1版
印　　次 2016年3月 第1次印刷
书　　号 ISBN 978-7-219-09790-8/I · 1858
定　　价 33.00元

目录

八桂颂（序诗）

这是一个人的舞台
我的诗歌是一束柔光
被叫作红水河　左右江　花山　北部湾
猫儿山　大瑶山　圣堂山的布景
写满脚印和歌声
山一幕　水一幕
花开一幕　乡愁一幕
流水和沙砾
坐在台下
看白云起舞

一、神秘花山

没有人知道
花山是什么时候长成的
也没有人知道
山下的明江水要流到哪年哪月
自从有了太阳
那片叫作“那”的稻田里
就有稻花香　蛙声响
自从有了月亮
歌声就一直在生长
高高的崖壁
是上天垂下的幕帘
祖先的劳作和嘱托
正好写在上面

从此春种秋收　男耕女织
敬天祭祖　长幼有序
从此日头像木棉花开
美酒像明江水流
女人月亮一般明媚
男人太阳一样刚烈

也可以有一场大雨
把蛙神唤醒
巨蟒和穿山甲正好淋浴

如果是夏天
那些沉默的石头
也可以饱喝一口
而高高的花山崖壁
不惧风雨

稻子黄熟的时候
节日就近了
依旧茂盛的草木
很方便狩猎
选一个月光柔柔的夜晚
把篝火点燃
果子已经甜透
散发着酒香
一个声音来自天上
你们
可以起舞

那个刚刚降生的婴儿
他的啼哭有如天籁
母亲丰满的乳房
指引未来
攀缘的力量来自洪荒的召唤
鲜血的颜色
用来镌刻一场胜利
或者仪式
且歌且舞
一座古老的山从此变得生动
一片生动的土地从此变得从容
一个民族的历史从此活色生香

二、壮乡锦绣

扯一片云霞把江水染红
采一把鲜花将云朵熏香
当太阳升起
当月儿高挂
这一片五彩壮锦
铺陈在美丽南疆

山是大地的筋骨
也是壮锦阳光的暖色
龙脊上层层梯田
就是四季最美的衣裳

高峻的猫儿山是冬
雄浑的大瑶山是夏
青秀的大明山是春
连绵的十万大山是秋
七百弄　五皇岭　独秀峰
错落其间
长短句一般　让花开的大地
诗意盎然

水就是血脉了
红水河　西江
左右江　邕江
漓江　柳江　明江　桂江
流成清晰的脉络
水流的姿势
就是行走的姿势
水流的方向
就是行走的方向
瑶家是边喝边走
壮家是边走边唱
苗家的银饰叮当
侗家的芦笙悠扬

千峰环野立
一水抱城流
只要还有水　花就会开

燕子就会回来
老家的黛瓦屋顶就有炊烟
八桂大地哟
就注定歌声澎湃

三、铜鼓声声

我常常设想
我们古老的祖先如何在劳作之余
铸出这一面面铜鼓
又如何在节日的祭坛上
把铜鼓敲出震天的声响
或者　仅仅是为了庆祝
一场丰收
一个新的生命降临

埋在亚热带的潮湿的泥土里
金属的烈性被慢慢中和
甚至颜色也变得接近土地
岩石　老树以及
屋顶上瓦片的颜色
但声音却不会改变
永远也不会变

在博物馆

那面巨大的铜鼓静静伫立

没有声音　它让我想起我的爷爷

爷爷不喜欢说话

但这不代表他不会说话

没有人怀疑这面铜鼓王会发出声响

只需要一个瞩目　一声呼唤
鼓面上的太阳纹就会发出光来
青蛙也会鸣叫
让山河　土地　甘蔗林　稻田
披上温暖的色彩
让家园遍地歌声

这个民族太喜欢歌唱
必须有鼓声为伴
这个民族需要起舞
只有鼓声才能敲出心灵的颤音
山歌好比春江水
鼓声就是春雷

有歌声的日子越过越滋润
爱铜鼓的民族能翻过最高最险的山

四、梦里花开

当树叶在季节的枝头由绿变黄
当蝉声在午后的阳光下悠然鸣响
所有的心愿都化作初见你时那温暖的一笑
春去了　夏也走　秋意凉
梦的种子被埋进最肥沃的土壤

从此　你我就是农人　渔夫　花匠
从此　岁月就是等待　邂逅　怀想
如果你愿意
我们可以耕作　施肥　撒网
也可以思考　行走　歌唱
最好能拥有爱情
让一切的惊心动魄
都回归平常

诗是一定要有的
那是祖先留下的最美宝藏
月光也是一定要有的
那是穿透时空的地老天荒
让相爱的人牵手
让勤劳的人丰收
让山水更美　让家园清朗
让一条条大道　宽阔　通畅

这里　有北部湾涛声激荡
这里　有十万山林海回响
这里　有工业城机声隆隆
这里　有美丽乡村鸟语花香
我　有一个梦想
让家园锦绣　让人间变成天堂
幸福的歌声飘满城乡

有梦　才有理想

有梦　才有歌唱

大树可以遮风挡雨

小草能够享受阳光

孩子快乐成长　老人拥有健康

现在和未来的每一个日子

都风调雨顺　天高日朗

今年和来年的每一个时节
都春耕夏种　秋收冬藏

我　歌颂这片土地
因为这是我最亲最爱的家乡
我　热爱每一个日子
因为那里有我最新最美的梦想
让我们举杯　让我们歌唱
祝福祖国万岁
八桂吉祥

南宁

在北京以南
在长江黄河以南
在雪花和冰河以南
在草原和大漠以南
在湖南以南
在桂林以南
在柳州以南
在北回归线以南
在高挑、白皙和柔美
以南

这是有嘉木的南
有红豆的南
有边疆的南
有藤蔓的南
有花果的南
有血性的南

宁就是理想了
是一种状态　心境
是胸怀
也是气派
比如宁静　安宁

这么美好的地方
只能叫南宁
叫作南宁的地方
能不美好吗

不知是谁把它叫作绿城
说是树多　花多　草也多
其实绿不绿无所谓
这地方的雨水
注定让万物疯长
恣意　狂野　任性
不分季节
最重要的是人
个子不高但结实
肤色不白但健康
甚至普通话都不标准
但说得真诚
活得舒坦　步态平稳
表情自然淡定

这个地方生长一种植物
叫作民歌
每年民歌开花的时候
就是城市的节日
那些新鲜的调子
是花的香
那些四处赶来的歌手
是采蜜的蜂

这个地方还开一种花
叫朱瑾
硕大的花朵下
是一场盛会
江河从云贵高原流下来
喝同一江水的人
蹚同一条河的人
聚在这里
为一棵叫作“中国—东盟博览会”的大树
浇水　施肥
浓浓的树荫下
坐着十八亿人

如今大道通天
壮乡首府成为山海交汇的焦点
“一带一路”的曙光
映照八桂如歌的明天
邕江水暖　北部湾海天相连
天下民歌眷恋的沃土
阳光和蓝天眷顾的家园
骆越先民留在花山上的那些图腾
敢壮山下悠远的嘹歌
同唱山水相逢
家国梦圆

一条叫作邕的江

题记：邕江，水名，在广西；邕，广西南宁的别称。

——《现代汉语词典》

江和河
是怎么区别的呢

黄河为什么不叫黄江
长江为什么不叫长河

词典上说
大河为江　又说
天然或人工的大水道
叫河

总之都得大
才能称为江河

那就是说
邕江是一条大河了

我们这一代广西人
很小的时候就认得这个邕字
因为那时的小学语文课本
有一篇课文就叫
《毛主席冬泳邕江》

那篇课文有一句话
我至今记忆犹新
毛主席说
下决心就不冷
不下决心就是二十度也冷

毛主席喜欢游泳
在大海里顶着大浪游
在长江逆着激流游
在邕江冒着寒冷游

伟人毛泽东
在中国就游过两条江

邕江的水
冬天清　夏天浊
像季节的两种表情
也像人间冷暖

邕江上
原来只有一座桥
到南宁的人都会到桥头
拍照　背景除了大桥
还有冬泳亭

现在桥多了
但路越来越拥挤
江南路改叫星光大道了
只是那一片的天空依旧灰霾

邕江往下流
就是西江了
西江再往下
就是珠江

词典里解释邕字
还提到一个地方剧种
邕剧
它的唱词和道白
杂糅了粤语　客家话　桂柳话
壮话
听起来常常让人会心

江还是那条江
但水早已不是从前的水了

老友粉

题记：粉，即米粉。大米经浸泡、磨浆、蒸煮、晾晒等复杂工序后制成的食品，呈细长条状，因成形方式不同，一般分为圆粉和扁粉两种。大部分南宁人的一天是从一碗米粉开始的，各种米粉店遍布大街小巷。南宁人戏称米粉比老婆重要，因为往往出差回来，还没回到家，先要在外面吃碗米粉。在南宁所有的米粉中，老友粉最为知名。

我怀着对土地的崇敬
对大米的热爱
对朋友的真诚
歌颂一种叫作老友粉的
食品

这片土地
适合生长水稻
那些带有“那”字的地名
遍布地图　壮家人都知道
那是田　水田
有田就有生计
就有春种秋收

稻花香里
鱼儿肥　雀儿飞

然后就是收割了
晒谷场上　黄牛拉着石碾
一圈一圈地转
一粒粒饱满金黄的谷子
离开谷穗
被晒干　脱壳
银白色　珠玉一般的米粒
像新生的婴儿
又像美人刚刚出浴

每一个壮家人心里
都有与稻田　大米　以及
粽子　年糕　米粉的记忆
就像是老朋友
从来不需要想起
永远也不会忘记

老友粉就是这样
酸辣主打的味道
像极了人生况味
那些聚聚散散
那些分分离离

老友粉的酸
除了醋　还靠另一样东西
酸笋
北方朋友第一次吃
几乎没有人能够接受
但多吃几次
就赞不绝口了
比如作家贾平凹

至于为什么叫作老友粉　说法不一
大约是无论冬夏　无论是谁
吃老友粉总是吃出一头的汗
那种酣畅　痛快　愉悦
就像老友相见
也有人说　到了南宁
能够请你吃一碗老友粉
这才是真的老友了

写到这里　我很自然地想起
我的朋友　老朋友
东北的大伟
小学时的哑巴同学阿道
（他真是个画画的天才）
柳州的老李
他们在我五十岁的生命里
是那么真实的存在　我想我最近总是

被一种期待折磨
应该是太久不见他们了
想他们的时候
我就去楼下小店
吃一碗老友粉

南宁这些年变化大
有变好的
也有变得不好的
比如西乡塘路改为大学路
比如江南路改为星光大道

如果有人改名上了瘾
把老友粉也改了
我想我一定会
鄙视他们

南宁冬天一场雨

今天　现在
南宁下雨　下小雨
这个时候下雨　不知道是
什么意思
按道理应该下雪
但南宁这个地方

总也不下雪

不下雪算什么冬天啊
没有冬天算什么四季啊

就像夜里
天却亮着
躺在床上
眼却睁开着

就像明明相爱
却互相恨着

与上林相望

从来没有一个地方
像上林这样
让我如此纠结
不是因为爱
或者恨　因为
爱或者恨一个地方
总要有个理由
而我没有任何理由

在广西的一百多个县城中
至今只有上林
我竟然从未到过
而我
在南宁生活已经整整三十年

这真是一件诡异的事
就好比一个人
一个热爱美食的人
他走遍世界　尝尽了天下美食

却一直无缘进入
隔壁的饭馆

三十年了
出差总要到一次吧
去看朋友总有吧
参加什么活动总有机会吧
假期出游总会去吧
甚至　去别的地方路过
总有吧

然而
真的
没有

最远的县城去过了
最偏的地方走过了
有的还一去再去
近在眼前的上林
我为什么
从来也没能到过

我坚信
这里面一定有
说不清的因由

如果我曾经爱上一个女子
她的家又在上林
那我一定早就去过上林了

如果我有一位好友
他就生活在上林
那我肯定也去过很多次上林
并且在那里
喝过很多酒了

现在　我常常对着地图
看上林
常常在朋友的微信里
读上林
那里明明有好山好水
有美食
阳光像新鲜的礼物
油菜花开　向日葵整齐列队
还有那个笑起来很好看的女孩
这些都是我喜欢的啊
可是为什么
我竟然就是没到过上林呢

当然　现在要去上林
很简单
开上车就走

很快就到了
但我实在不甘心
就这样去上林

我决心等
等到一次机缘
不是刻意的说走就走
而是自然而然地
遇见

这时突然有一个奢侈的想法
如果　上林也像我一样
默默地

等待
那就完美了

哪怕就这样
一辈子相望无言
把不见当成是
一种缘

柳州

柳州柳刺史
种柳柳江边
有柳　有江
有柳宗元
即便是在唐代　柳州
也是一座让人骄傲的城市

柳树真是一种神奇的植物
北方长　南方也长
躯干那么虬壮
枝条却那般柔软　万种风情
细得都不成样子
到了寒冬
叶子都掉光了
发丝一般的柳条儿　竟然
冻不死

柳州人其实就是
柳树这样的

连柳江
也都流成柳枝一般
千柔百转
江流曲似九回肠嘛
仿佛是哪位书家
喝多了　斗笔在手
随意那么挥
一顿一挫
也不管它是楷是草

那些笔架　镇纸
也都还在
只是现在人把它们叫作山

明明是幅字
明明是文人柳宗元
本该舞文弄墨的柳州
偏偏长成了硬朗
机声隆隆的
工业城

开山的有柳工
奔跑的有柳汽
坚强的有柳钢
唱歌的有“金嗓子”
刷牙的有“两面针”
伫立城头山上的柳宗元
看上去不像诗人
倒像是
检阅队伍的
将军

城虽小　但人大气
也像柳树

冻不死　吹不折
春风杨柳是它
依依江水平也是它
如果缺了柳
古人拿什么送别
那些相爱的人儿
如何定下月上梢头
人约黄昏的
暗号

所以　就连吃
也整出别样的风情
比如　螺蛳粉

到了柳州
即便你不吃螺蛳粉
你也一定会听说
那些好看的女孩儿
她们会热情地邀请你
就像刘三姐
遇到唱歌的人

这是一座性情城市
万种风情汇聚
一江春水静流
连石头都堪称天下最美
如今又是花
一朵花
一枝花
一盆花
一园花
一街花
一城花
一花一世界
一树一菩提

因为有柳州
广西人底气十足

融水四题

元宝山

长得像个元宝的山
还真的是个元宝
那些石头　树　甚至白云
雨水
都千金不换

斗马

你们为爱情搏杀
却被人
当成娱乐观看

也许连爱情也没有
只是性
这是本能
繁殖　延续生命
需要义无反顾

但娱乐也无可厚非
你看或不看
母马都在那里

有些事是注定的
人和动物都
无法抗拒
比如有一个赢了
另一个只能
离去

而未来的驹
不知道
当它长大的时候
要么斗另一匹公马
要么
看两匹公马搏斗

苗银

在头上是凝固了的笑脸
在胸前是停下了的时间
在箱底是母亲传下来的记忆
在腕上是最美的流年

夜深人静歌声歇
只有苗银醒着
将四季月色
亮成新的寓言

贝江

别处的江是江
这里的江是一首歌
是芦笙里流出的春种秋收

春夏时的激昂
在秋冬变得婉转
芦笙踩堂
是苗寨远古的呼唤
一个民族生生不息的追寻
江水一般静流不言

沿江一路逶迤而来的
是晨光里镶了金边的云朵
是山脊上划过天际的曲线
摆呀摆　摆呀摆
江边浣洗的苗家少女
一回头
夕阳碎成满江银饰

云片糕

这个名字很有想象力
白云被整齐收起
压成一片一片的
甜蜜地
等你

我喜欢白糖

和大米的组合
就像平常日子
遇到惊喜

这个地方盛产甜蜜
漫山的橘子
盛满秋的情义
那河畔的金柳
是夕阳的伴侣

柳宗元

上学读书就知道你了
背诵课文就认识你了
永州之野产异蛇
苛政猛于虎
后来看见蛇　提到虎
我就想起你
再后来
每次去柳州
都遇到你

你生于公元773年
公元819年去世
47年的生命时光
最后五年留给了柳州

1242年前就有你了
唐代是个怎样的朝代啊
那么多的诗人　文豪
在长安
骑马　饮酒　吟诗　看花
朝廷不高兴了
就贬官
你就是这样被贬到永州的
好不容易可以回去了
也不知谁的主意
又将你贬到另一个“州”
柳州

这其实是柳州的幸运
三月是柳树吐芽的时候
你从长安出发（不知是否骑马）
前往柳州
我猜你心里会想
老夫姓柳　这回要去柳州
缘分啊

抵达的时候已是六月
柳州很热了
那时柳树还不是很多
柳江穿城而过
南方茂盛的草木
抚慰你一路的寂寞

于是就种树　柳树
江边种　城里也种
你对柳树情有独钟　一定是
有原因的
我猜应该跟诗有关
诗人种柳
那是再正常不过了

长安离得太远
家乡山西河东郡也远
这一次
不知何时才能回去

1000多年前
柳州应该没有面食
那时的柳州话应该也
跟京城长安话差别很大
（李商隐说广西“乡音殊可骇”）
你是怎样适应的呢

四年
其实很短　又很长
每一个日子
就像一根根柳丝

冬去了春来
花谢了花开
那些飘飞的丝絮
有些关乎庙堂
有些纯粹江湖
忧也好　乐也罢
你和柳州
从此有了一个共同的别号
柳柳州——
你是因为柳州得名
柳州是因为你得姓

1000多年过去了
柳还在　柳江也在
柳州当然是翻天覆地了
光是江上那么多的桥
就够你诗兴大发的
那座最美的桥叫作“文惠”
因文而得惠　柳州人
知道感恩

闲了
就和孩子们一起吟诵
柳州柳刺史
种柳柳江边
……

柳江人

也许只是躲一场雨
也许是劳作之后
稍事歇息
这一睡
就是五万年

山洞不大　适合安居
门外就是柳江
可以游泳　饿了就捕鱼
顺手摸一把螺蛳
石块和火留下的痕迹
被今天的人叫作
原始

那时不知道
最早的有云南元谋人
后来有北京山顶洞人
近一点
有来宾麒麟山人

再后来
都叫
中国人

乙未春平坦纪事

1

平坦是个侗寨
在三江林溪

林溪真是个美好的词语
它让我想到山和水

我甚至认为
这个世界上应该有一个
好看的女孩儿
她的名字就叫林溪

取景框里的油菜花
是一幅西洋油画　印象派那种
大面积的黄色
被涂成重彩
很像小时候梦见过的
天空

鼓楼只能仰望
巨大的杉木柱子
代替了养育它们的高山
站在寨子里
目光慈祥
黛色的瓦片
心事重重
不知道是因为阳光
还是雨水

鸡鸣不断
也不分时辰
所以我猜它们是在呼唤
或者炫耀
现在的鸡也确实
见多识广
甚至　估计它们
能听懂普通话

2

房东是个标致的女子
有一儿一女

男人在南宁的工厂里上班
（我不喜欢用“打工”这个词语，
它让我想起过去的长工）
小女孩七岁了　刚刚上学
穿着和城里孩子一样的衣服
仔细地擦亮她的皮鞋
然后背起书包
（也和城里的书包一样大）
走一段要花半小时的路
去上学

她让我想到寨子里到处盛开的
李花

还有路边茶树的嫩芽
当她长大的时候
这个寨子　还有我们的国家
那是多好的年华啊
（而我们，将悲催地老去）

3

很多的房子
已经是钢筋水泥了
所以那些老旧的木楼
显得孤独
像是言语不多的老人
也像墙上的
旧照片

也有人在新盖的楼房顶上
又搭建一层木楼
这让高高的鼓楼
终于有些呼应
也让我们这样的文人
稍感安慰

4

午饭的时候和房东聊天

我们夸她长得漂亮
所以两个孩子也长得好
她羞涩地笑了
墙上照片里
她的老公也笑
年轻而帅气

二十岁的小伙子说
爸爸每月都回来一次
挣的工资都买车票了
我忽然很想见到这位兄弟
我猜他一定知道家里住了客人
他工作的那个地方我常常路过

就在高速公路边
叫作六景

到了傍晚
他真的回来了
我在窗口　看见他站在楼下
对着我微笑
旁边是他的妻子
他的样子
跟照片上一模一样

第二天房东要请来到寨子的作家们
吃饭　下午他骑着摩托车

带着妻子去集市买菜
回来就一直忙碌　叮嘱我
多叫些人来
糯米饭冒出香气
酸坛被打开

后来我们喝酒
侗家的米酒真的好喝
几碗下去　有人开始朗诵
十万朵桂花
我有一把刀
最后我端出电脑
读了这首诗的前半部分
抬起头时发现
房东大哥和他的妻子
眼角闪着泪光

5

乙未年春
油菜花开时节
我在这个名叫平坦的村子
静静看着鼓楼　回想昨夜
那碗油茶的醇香
仿佛满世界都是
侗琵琶的歌唱

鼓楼

如果需要仰望
我就仰望崇高
如果需要敬畏
我就敬畏善良

世界上
比鼓楼高的建筑很多很多
但它们都坚硬　冰冷

缺乏温度
人们每天进进出出
复制麻木

而这里
每一根柱子的背后
都是高山
每一处卯榫的衔接
都有一双筋骨清晰的手
木结构承载的善良与崇高
使得我们心里敬畏的天空
每一次仰望
都鼓声隆隆

风雨桥

人的一生要走过多少座桥呢
人的一生要经历多少风雨呢
站在桥边　每次一想到这个问题
我都对一个民族
敬佩不已

遇见一条旧路的惊喜

我只是停下车
在路边休息
看见不远处有个村庄
田里油菜花金黄
树梢上冒出崭新的嫩绿
村口
有小河淌水

于是我走了过去
路过花和蜜蜂
直到
一条旧路出现

很显然
这是一条被弃用了的旧公路
新路上停着我的车子
但我明明满心欢喜
像儿童见到新的玩具

我猜这路边的树
一定也满是欢喜
它们终于可以
安静地呼吸了　可以自在地
舒展了
树上的叶子真亮啊
我抬眼望去
一道通往少年的
多好的路啊

我这辈子
估计走这路上
不会再有第二次
但有时候　某些经历
一生有一次
够了

酸鱼

在一户侗胞家里
吃饭
桌上有一盘酸鱼

他们劝我尝尝
说很好吃
而且这鱼
腌了三十年

这个数字把我镇住了
一条公元1985年的鱼
一条我二十岁时的鱼
现在被摆在盘子里
就在我面前

这条鱼游过的河水
现在还在流
河上的风雨桥也还是
当年的样子

后来我在路边的集市上
看见池子里的鱼
我就想
三十年之后
是谁在吃它

桂林谣

1

桂林两个字

就是唐诗

宋词

元曲

豪放的是猫儿山
婉约的是漓江水
浪漫的是兴坪月
雁山和阳朔
分明是一阕
《声声慢》

2

如果泼上水墨
就是石涛的画了
月照清竹　雨打老树
在米芾膜拜的石头上
刻下《兰亭序》

3

山不在高
有仙则名
水不在深
有龙则灵
由这诗句猜想
刘禹锡应该来过
桂林

4

贺敬之是把桂林当情人
歌颂的
外国人是把桂林当仙境
游览的
很多人是把桂林当景区
来度假的
而我
把桂林当成一次
又一次最美的
遇见

5

湖南吃得太辣
满头的汗
一路南流
红的是湘江橘子洲
白的
是桂林三花酒

6

黄的当然是桂花了

四季都开

把春夏秋冬都吸入花蕊

任时光发酵

甜的

是漓水谣

苦的

是王城锈

7

还有桂林妹

她们只能长在桂林

漓水沐浴

清风雕琢

龙脊上逆天的曲线

闭上眼

你就能看见

她们

山之韵

大象很大
象鼻山很小
猫很小
猫儿山很高
小小的象鼻山
是谁遗落的一枚闲章
随手一盖
成就了一幅千秋水墨
高高的猫儿山
就是笔架了
随便一棵银杉
都能在蓝天上书写　画画

其实桂林的山太多了
岂止象鼻山猫儿山
独秀有些任性
叠彩都算低调
漓江两岸排着的那些
高低错落
随便拿来一座

都是其他任何城市
世界级的
自然遗产

山又有洞
七星岩　芦笛岩　丰鱼岩
洞为什么叫岩呢
时间看不见
但它水做的手
却一直做着一件事
雕琢一个个神奇的故事
并通过那些漂亮的导游
告诉世界

有一天我在阳光下待腻了
就步入洞中
里面很黑　凉风扑面
我猜有很多只蝙蝠
在用耳朵看我
地下水哗哗流动
从来处来
向去处去

我
还是跟在太阳下一样
渺小

跟山比
跟岩洞比
我一点也不在乎自己的
渺小

水之歌

水无非几种存在
江　海　湖　泉
除了海
桂林都有
（其实桂林也有海——
假日时的人海）

江叫漓江
不深　但清澈
不长　一幅画
水一清澈就不得了了
镜子一般照见许多
回忆也好
天空也好
水底那些摇曳的草　小鱼
它们见多识广
很有礼貌

江与河意思差不多
河又有运河
灵渠就是一条运河
每次到了灵渠
我就想到一个人和一件事
秦始皇
湘漓分派

（一想到秦皇帝修的运河
到现在还在用
我就想同时“赞美”如今的
很多豆腐渣工程）

湖就多了
桂湖　榕湖　杉湖　木龙湖
如果漓江是曲水流觞
这些湖就是一杯杯的酒了
也难怪湖边
那么多的
醉人

还有泉　温泉

水自然柔滑　加上温暖

很多人就愿意投入

泉的怀抱

人体失去温度

生命就没有了

而泉水有了热度

水　仿佛就

有了生命

桂林的水其实还有一种形态
更加迷人
那就是桂林的女人
你能想到的关于水的千般好
比如春的妩媚
夏的清凉
秋的宁静
冬的温暖
桂林女人
都有

味道

桂林的味道
很多时候其实就是
一碗米粉的味道

那些散淡的日子
是一颗颗软糯饱满的大米
需要耐心浸泡　打磨
蒸成米粉　长长的
今天是一碗　明天
是一碗

最好是路旁小店
门外车水马龙　人行道边长着
桂花　石榴　银杏
一对朴素的夫妻
男的忙前忙后
女的烫粉　收钱

秘制的卤汁
是遥远的一个传说
漓江的水
桂花的香
守着红门红窗红绣楼的
老阿婆

辣椒一定要有
而且必须过油
如果你来的时候正值寒冬
你就会知道
如果桂林米粉没有
辣椒

简直就像明星
没有绯闻

桂林米粉原本只在桂林
如同桂林人的板路
但如今到处都有了
南宁　北京　甚至更远的地方
虽然味道远不正宗
吃的人还是很多

如果我在异乡漂泊
我想我不会寒冷
也不会挨饿

但我会想念米粉
尤其是桂林米粉

顺便就会想起稻田
和炊烟
龙脊的辣椒
漓江的渔火
王城的青砖
碑刻的寓言

这样　桂林这么一座城市
可以轻易打包
装进行囊
只用一碗米粉的清晨
把江湖走遍

回到阳朔

如果你觉得离开太久
太远了　你不妨
回到阳朔

不需要户口
也不一定要会讲桂林话
甚至
不一定是黑眼睛黄皮肤
你都可以
回到阳朔

只有离开过
才能回来

离开自然会有千般理由
但回来　阳朔不会问你
为什么
回到阳朔就好
你可以在江边看水
也可以在西街
唱歌　或者随便走进一家
酒馆　一个人
慢慢喝

还可以
翻翻桌上的旧报纸
看看俄罗斯　乌克兰　伊拉克
叙利亚　阿富汗
油价十三连跌
沙特国王去世
中国宣布阅兵

外面的肥姐大排档
啤酒和鱼
正香

兴安

1

这个地方
秦王的兵来过
他们管这叫作
岭南
一千多年之后
有个叫作徐霞客的
也来过
一行人风餐露宿
把游山玩水这样的事
弄得很高大上
兴安两个字　真好
兴旺　平安
一座小城
它的理想是那么崇高

2

自从有了灵渠

这里的人终于才知道

渠水的那一头

是湘江

再往上就是长江和中原了

那么多操着陌生方言的士兵

顺渠而下

老了就在这里解甲归田

这哪是运河啊

分明就是一根血管

哗哗淌着的

是和炎黄一样的

血

3

银杏是秋天最美的表情
但它累累的果实
很容易被忽略
只有当它们在母树的黄叶即将落尽
一个个悄悄落在地上
才被人捡起
搓掉肉
只留下心　被叫作
白果

4

叫作罗汉的果子
也有一副罗汉心肠

那么甜
仿佛一棵树全部的生命
都已化苦为甘
让人间多出一份快意

生长这种果子的地方
我们只希望它永远兴旺
平安

骑楼日月

那时候没有高速公路
没有互联网
远行需要背起行囊
街角还有邮筒
那时的雨水可以洗脸
那时的云多数是白的

早起的人要赶路
晚归的人行色匆匆
遇到一场雨
就在楼下走　或者纯粹就是
歇歇脚

落雨大
水浸街
也不要紧
二楼的窗外
拴着小船

江水流过
往东去了
月光光
照地堂

我走过城市的一段骑楼
也走进透着六堡茶香的
古城时光

我让脚步慢下来
想看看
地上落叶的告白
那么多年过去
楼上的红门红窗
是否还有歌声飘出
云朵一般的妹子
脸上浅浅的酒窝

卖豆浆的阿姆
每天从楼下走过
来来往往的日子
如今都成了传说

此后　且与梧州相约
在黄昏里仰望骑楼
让清风入怀　白云在抱
用时光泡一壶六堡
安静地
等待一个人
走过

六堡茶

1

在我与时间无尽的纠缠中
每一次调解
都是一杯茶出面
它说拿起我就拿起
它说放下我就放下
那么多的茶里
六堡茶的次数最多

有时红脸
有时黑脸

2

把自己发酵成茶
黑茶
是一种怎样的经验
在茶树上的日子
是多么快乐的童年
云雾中捉迷藏
雨帘中仰起脸
但生命或许需要另一般面目

死去
并且经受种种折磨
为的是
封存一段禅悟
等待雨水或一壶泉

3

你就在苍梧
我曾经多次遇见
如今在我古老的陶缸里
你静成志书的一页
我只想捻开其中一片
寻找当年的云雾
那时故乡未老
母亲尚在
我还是个少年

4

这时是午后
秋日的阳光耀眼
我烧开一壶水
等蝉声稍停
我们一起
谈谈时间

回忆北海

第一次是三十年前
那时我还是大学生
第一次见到大海
第一次闻到海水的咸腥味
第一次 在一个叫白虎头的海滩
跟一个卷起裤脚
露出好看小腿的女同学
留下一张照片

三十年来有很多次
来到北海
很多次
被风吹乱头发
被丢荒的楼房注视
被海鲜和一种叫作东园的家酒
意乱情迷
被一条叫作南北的高速公路
拉近与海水的距离

白虎头现在叫作银滩了
北海产的一种特产叫作南珠
那个和我照相的女孩
到现在还常常想起

还曾经去过
那座叫作涠洲的小岛
岸边的石头满是火山留下的痕迹
载着我们的是一艘军舰
船头的浪花
像一锅沸腾的记忆

我已经五十岁了
但北海还是那么年轻
我估计到了我一百岁时
她依然还会年轻
谁见过大海会老呢

码头上那些龙门吊
更不会老
它们甚至还在长高
一片又一片的巨轮
一页又一页的集装箱
被它们用手
轻轻翻过　黄昏时
它们会沉思　会静静地
看那一片叫作北部湾的海水
听季风带来海那边的
消息
有汽笛大声宣布
海湾　还有沿岸的景致
被命名为
风生水起

风生水起的时候
回忆已经不合时宜
北海的楼房
以及它们的价格

再一次长高
在那个依然叫作外沙的地方
人们一边品尝海鲜
一边议论
海那边　还有哪些未曾开垦的
土地

这时我们需要
再次举起酒杯　再一次
让目光在更加宽广的范围
凝聚　让心想象
一百年以后　关于北海
关于爱以及季风的记忆
被写成一段
浓墨重彩的历史

一条路从海上过

原以为
走到海边
路就到头了

不是都说
天涯海角吗

但是自从那艘载了
丝绸瓷器的船　开动
这路就没有尽头了

谁见过海的尽头呢

从北到南
从山到海
从日出到日落
从春到秋
从汉到唐　宋　元　明
丝滑　瓷亮
路长

心事长
所以目光也长

望不尽天朝日月
望不透潮落潮涨
望不穿思人帘重
望不到何时还乡

帆鼓满
桨泛黄
乡音远
云雾茫

只知来处是北海
不知去向是何方

泪已干
珠渐亮
浣纱女
着新装

点一盏心灯随浪去
唱一段弦歌日月长
潮声远
月光光
丝绕指
人断肠

海上为什么还有路
天为何圆地如何方
板凳有脚不走路
大船无脚行四方

一转眼天就亮了
一眨眼海就平了
一转身你就在了
一辈子在路上了

梦里见到的
眼前都有了
眼前看到的
跟你都说过了

珠还合浦了
月照银滩了

你走了
我来了

北海大了
北海小了
大的能装得下天
小的可随身带走

走就走吧
海上的路还在
目光还在
人还在

那个梦想
也在

老街日月

1

每座城市
都有一条老街
北海的这条街
是海风吹老的

2

一条老街
总有一个老人
沉默寡言
像太阳一样早起
像星星一样晚睡
他当年走过的青石板
成了现在的老照片
他坐过的那张船木凳子
据说现在很值钱

3

一条老街
总也还有一个女子
柔柔的
像海上明月
有时红衣
有时白裙
骑楼上常常传出歌声
把夜晚的青石板路
敲得很响

4

老街老了
风吹木楼吱吱作响
墙上的绿苔
把太阳的影子覆盖
老街又不老
海上还有明月
骑楼上的红衣　白裙
还在

涠洲岛

1

海太宽了
飞鸟的翅膀和水手的目光
都需要一个停歇的地方
于是有了
涠洲岛

2

海太深了
雨水和阳光落下
要有一个停顿
于是有了
涠洲岛

3

陆地上的人
太累　城市的黑夜追赶着白天

梦里需要一段闲散的时光
可以赤裸着身体
诉说爱和故乡
于是来到
涠洲岛

4

他们说着岛是火山喷出来的
我不知道
我来到岛上的那一年
没见到烟火
只有山

5

其实所有的岛
无非都是海的心事
有的说出来了
山呼海啸
有的就藏在心里
只看见潮起
潮落

钦州之梦

我终于明白
走向你
就是走大海

从前没意识到
在北部湾
在中国的南部海边
你其实就是一颗珠子
大海孕育了你

浪花淘洗着你
水流冲刷着你
直到丰满　圆润　闪亮

孙中山先生看见了
于是洋洋《建国方略》
一个南方大港的梦想
一做就是百年

现在已经不再是梦
那些高高屹立的龙门吊
巨臂一般揽过新世纪的朝阳
钦州于是开始沸腾

一条条大道连接山海
一阵阵潮声呼唤黎明

刘永福　冯子材
这两位的名字
钦州人妇孺皆知
一部浸满屈辱的中国近代史
因为刘冯
才有了仅存的一抹亮色
两位老将
在国恨家仇面前
以一场又一场胜利
写下爱国的巨制鸿篇

多少年过去了
三娘湾风平浪静
白海豚跃然起舞
从潮涨到潮落
需要多少时间
从日出到月落
是一首怎样的歌

只有那一窑熊熊的烈火
只有那无法预知的窑变
才知道钦州
从过去到未来
中间是怎样的历练

坭兴陶

如果我的鲜血由红变黑
请不要担心
那只是情感的窑变
我想让日子和爱
多出一副容颜

烈火里涅槃
其实是泥土在变脸
故乡纵是多情
也耐不过沧海桑田
在水的怀里新生
须得在火的熔炉中历练

生而为壶
就得承受滚烫的熬煎
沉沉浮浮的人生
拿起放下的流年
清香或醇厚
都是缘

或者干脆做一只杯子
有酒
就盛一盏风月无边
天子呼来不上船
即便是清白的水
也可以向江河致意
赤条条来去
了无挂牵

从此你该记住钦州
记住我易碎的执念

刘冯

1

在钦州
刘冯二字很难分开
也不可能分开
到最后
两个人变成一个人了
一个男人
一个中国男人
一个有血性有脊梁的中国男人

2

一百年前
中国也有枭雄
但有机会率领队伍揍外国人
而且大胜了的
唯有两个广西人
刘永福　冯子材
从此刘冯二字

黑旗军
镇南关大捷
让黑暗的中国近代史
有了一点亮光

3

我猜
刘冯二位将军
应该是喝茶的
茶具就是坭兴陶
海边的风
吹动衣袂
杯子里没有风浪
他们的眼前和心里
却有翻滚的波澜

这一片金色的沙滩

如果我是画家
我一定会画这片沙滩
金色的沙滩
用蓝天做画布
用海水做颜料
用红树林做画笔
精心营造南方风景格调

暖色的是日出

如果我是歌唱家
我一定会歌唱这片沙滩
金色的沙滩
浪花是跳动的音符
海风是抒情的咏叹
这么辽阔的舞台
适合大江东去
燕归来

我是个诗人
一个无名诗人
来到金滩我只有静立
向一粒粒细沙表达敬意
向大海低语
偶尔的贝壳
是从前留下的印记
海风撩拨的情感
等待一场暴雨

其实我更愿意是一粒沙子
把与大海的厮守
当成生命全部的意义

只用一根琴弦歌唱

最好的舞台
是那片金色的沙滩
你欣然为大海的表演伴奏
邀浪花起舞
风的手指轻轻划过

那位捡拾贝壳的
少女
尖斗笠下被风吹起的白色长裙
多像梦幻的音符
出海是阳关道
归航是思乡曲

这一湾海水
深深的
像哈节上那双眼睛
蓝蓝的
是过桥时被风吹走的
衣裳

今夜
你的琴声再次响起
谁将遣白帆千片
乘风起航

十万大山

一万座山种甜蔗
一万座山开红棉
一万座山长八角
一万座山响杜鹃
一万座山唱歌谣
一万座山守家园
一万座山望大海
一万座山向青天
一万座山入图画
还留一万座
陪着你牵手走遍

西山松

在西山
最有仙气的
其实是龙鳞松

静修是门功课
脚跟立定　八风不动
晴也从容
雨也从容

香火只在寺院
跪拜和叩首
虔诚许愿
祈望家人平安
万事遂愿
满山苍松如盖
不嗔不怨

也有倚靠和抚摸
朝拜的路途高而且险
松下问童子
言师找不见
斑驳的树皮下
藏着神秘预言

直到亿万年后
我终于在一颗琥珀里
看见你的眼
泪凝为珠
澄明如泉

从此我将善待每一粒松子
我知道
轮回是一段注定的
缘

莲

我原本是一朵花
修炼一生
祈望轮回
还能出淤泥而不染
在水和诗中盛开

落到你的手里
是我的宿命
无论这是去　还是来
尘缘未了终究化为尘埃
只求你
轻一点　细一点
让我洁白的肌肤感受唇的接触
让我死后
苦绿的莲心
继续等待

我想你应该是个好人
听说过
清清的爱

在玉林寻找

在南宁一些偏僻街巷
经常会见到
玉林云吞

通常就是夫妻二人
一副担子
一张桌子
几张小凳
路灯下有热气升腾
牛肉丸特有的香味
弥漫在夜空

我喜欢来一碗
坐下来慢慢品尝
尤其是冬夜
一边吃一边张望
担心停在路边的车子
卖云吞的夫妻也不断张望
他们担心城管

后来我到玉林
夜里一个人走在街头
寻找
走了几条街
路过三个红绿灯
见到两个交警
五个城管
就是没有云吞

北流印象

1

不能说是邂逅了
我们已经那么熟悉
从小时候学会用筷子
不再用塑料碗吃饭
我们就在一起了
朝夕相处

但北流是你的出生地
这里的泥土真好
稳定　细腻
高温之后是洁白　更加细腻
如美人和婴儿雪肌

也如美人和婴儿
容易受伤
需要呵护
抚摸
艺术品一般
闪着光

为什么是北流
为什么我今日才来
看着这满世界洁白的瓷器
想起家里
用了多年的碗　盘　碟
有一种
老友相见的愉快

2

这里的方言
外地人几乎听不懂
但诗和荔枝
大家都知道

北流出作家诗人
林白　朱山坡
吉小吉　梁晓阳
还有谢夷珊
瘦得像一根竹
林白把他写成文章
叫他谢诗人

荔枝是名产
夏至时节最红
北流过去不远
是容县
据说是杨贵妃的家乡
那里也有荔枝

3

鬼门关
过去是鬼门关
今天已经是大道了
往南是海
往北
是山

所以即便改叫
天门关
其实也没有什么
两样

博白

你可能没去过这个地方
人口　物产　风俗
你都不了解
更不用说
历史沿革　历任县长
县委书记这些

但你应该知道王力
知道他编写的中文系语言学教材
如果你还知道
年轻的博白青年王力
操客家方言的王力
在巴黎大学交出的博士论文
《博白方音实验录》

对博白来说
这就够了

容县

那个唐代的杨玉环
倾国倾城的杨玉环
她是不是容县人
真有那么重要吗

这里有真武阁
天南杰构的真武阁
屹立四百多年的真武阁
这才是
中国容县

陆川

1

走在中国的公路上
谁没见过这条广告：
陆川风炮补胎

2

没吃过猪肉
你也应该见过猪跑
没见过猪跑
也应该听说过
陆川猪

3

如果导演陆川
到陆川拍个电影
叫作《风炮补胎》
是不是很牛？

一百种颜色

一百年岁月里
你是那一页沧桑
一千里行程中
你是那一座祠堂
一百种颜色里
你是最美的五彩壮锦
一万个星座里
你是红红的
红红的东方太阳

扯一抹亮色点燃霞光
点一盏马灯把征程照亮
敢壮山风云会南天雷响
右江畔木棉红红遍壮乡
嘹歌起　芒果香
唱歌的阿妹走在河边上
阿哥驻足听把木叶悄悄吹响

一百年创造
你是最坚定的担当
一百种颜色
你有最美的衣裳
一百年的梦想
始终在复兴的路上
一百年的奋斗
铸成岁月荣光
你是我的百色
你是我的故乡

凌云，茶之怀想

很久以来，
一直有一个梦想，
带着自己的爱人，
去寻找这样一个地方——
那里有青山，有绿水，
有晨雾，有朝阳，
连微风，都带着芳香。
在那里，
鸟鸣翠谷，绿染青冈，
云在梦里，地久天长。

曾经无数次神游这个地方，
梯田里翻腾着金黄的稻浪。
炊烟漫起，犬吠柴房，
兄弟共围炉，把酒话麻桑。
多年以来走遍了四方，
最想念的还是村前的老井，
月下的竹床。
还有那一杯
盛满爱和思念的热茶香。

无数人记住了这个叫作凌云的地方，
山水有情义，儿女仪万方。
胸藏青云志，壶抱日月长。
朋友来了有好茶，
出门在外一身香。
一弯流水涵清气，
四季和风唱鸣廊。
爱在哪里，
哪里就是最温暖的故乡；
茶在哪里，
哪里就有情深意长。

这里的人们热爱自己的家乡，
笑容像一片片纯净的茶叶
让人心向神往。
喝上一杯，神清气爽，
白毫清泉，名播四方，
高高的茶山铺满翡翠绿妆。
草木之间，
人与山水同在，
千年万年，
一道清茶醉倒游子情肠。
远怀近想，轻轻的步履，
早已写满岁月的沧桑。

总有一天我会来到这个地方，
走进茶的世界，
寻找梦里的新娘。
烫一壶清风明月，
品一道苦乐华章。
在这片好山好水好人好梦的地方，
筑一座爱的城堡，
和百鸟一起低吟浅唱。
春耕夏种，秋收冬藏。
用茶的温暖，
融化季节的严霜。

人生何处不相逢，
相逢不能没有茶的坦荡。
今宵已醉，
忘掉的是愁与痛的既往。
来日再聚，
相约在美丽的凌云茶乡。
路再远，
总要记着回家的方向。
今天，我们不说干杯，
因为茶的情义已长满山冈。
今天，让我们放飞茶的怀想，
在心里，记住这个叫作凌云的地方。

田阳

1

很久不见飞仔了
飞仔五十岁了我还是叫他飞仔
当年在大学里我们就这么叫了
很多人忘记了他的名字
但一说飞仔大家都知道
他性格谦和　文笔很好
当年好几个男生的情书都由他捉刀
但他却直到工作几年之后才恋爱　结婚
飞仔的老家
就在田阳

2

后来从南宁去百色
常常路过田阳
每年夏天飞仔都送来一箱芒果
走在街上看到水果摊上的芒果
我都会想到田阳

敢壮山就在田阳
那是壮族的神山
四野的稻田
连稻穗都向着这座山
右江水流过这里
也会稍稍停脚

3

那个叫作瓦氏的女人
当年就是从田阳出发
带俍兵去抗倭的
壮家女人没什么顾忌
何况这是为国出征
田阳离浙江何止千里
途中那些风啊雨啊
海边那些刀啊剑啊
如今想来
是奇迹　也是谜

几百年过去
那天电话里和飞仔聊到钓鱼岛
他说我梦见自己加入了俍兵
跟着瓦氏
连夜磨刀

天坑

不是天上的坑
是天生的坑
这坑太大　凡人挖不了
于是大家把功劳
归于上帝
顺便把责任
也推给老天

坑太多
像一张张巨大的嘴
替人间说话

黑衣壮

小时候
爷爷奶奶的衣服是黑的
妈妈的衣服是黑的
姑姑出嫁的时候
也是一身黑色新衣
打一把黑色大伞

后来
姐姐的衣服开始变成花色
还有红红的围巾

到现在我才知道
在遥远的靖西
在爷爷奶奶从未到过的地方
在母亲姑姑从未听说过的地方
有一群人
说着与我们一样的语言
到现在还穿着
黑色的衣服

绣球已经是五彩的了
山歌也是那么斑斓
再加上五色的糯米饭
壮家人的日子
和阳光一样多姿

白天
捡拾起云落在地上的影子
到了晚上
再把夜色穿上

绣球

一针
一个心愿
一线
一个怀想

这是一个民族
无字的经文
这是一个信徒
最虔诚的
长叩

不信
你说说看
世界上
还有比绣球更大的
念珠吗

枫叶红了的时候

我们曾经相约
到秋天　找一个地方
微风轻拂
湖水静好
而树上的叶子
必须有绿　有黄　有红
风景油画那种情调

于是我们来到德保
这里的山也不高
满眼的那些枫树
只有一个任务
就是告诉世人
季节山长水远
阳光不急不躁

当枫叶红了的时候
窖存的米酒正好
矮马行进的山间小道
四面传来迎客歌谣
山也妖娆水也妖娆

世间如果还剩一块净土
我认为这就是德保

这几个地方

我在电脑上敲下
西林
隆林
田林
平果
突然发现
这分明是一片林子
结出了果

不是芒果
也不是苹果
我看见西林结的是月亮
隆林结的是星星
田林结的是酒杯
而平果
是风中传来的阵阵嘹歌

客从何来

1

我们祖先和家乡
真的在那个遥远的中原?

走就走了
为何一个人都没留下
老房子咋办
还有村头大槐树
村前大河和麦田
这一别就是多少年

闽山赣水
用双脚踏遍
汗水和泪水一样咸
好在有阳光　雨水
让乡音一代代繁衍
香樟代替了槐香
稻花代替了麦田
梦里的河水如今是屋后的清泉
呼唤乡愁的
是一种特殊的语言

2

这一路走啊
江西　广东　福建
姑婆山青青的身影
是故乡的哪位少年
在这里扎根吧
让枝叶散成繁星
坚固的围屋
守护春天

3

子子孙孙
都要牢记自己的祖先
客家人相见的密码
是世界上最奇妙的方言
一个族群的基因
无论多少年
无论走多远
一开口　就如同
在家乡聊天

4

在贺州
用勤劳来形容客家人
远远不够
哪里有客家人
哪里就有行商坐贾
就有学堂书院
唐诗宋词的韵脚
就是他们最日常的口音

5

客从何来
其实早已不是问题
你说云彩的故乡在哪里
你说有清风吹过就是春天
你说只要地上有路
走到哪里
哪里就是我们的家园

围屋日月

围成一圈
圆圆的
像个太阳

围成一圈
圆圆的
像个月亮

太阳会落下西山
客家人的围屋
永远醒着

月亮圆了会缺
客家人的日子
永远祥和

鸡鸣围一个圆
书声围一个圆
男人和女人围成一个圆
像家乡那口老井
春生一团和气
秋涌两道清泉

圆圆的
是我们有梦的人间

姑婆山即景

云

其实与别处的云
并无不同
但在姑婆山
只要抬头看到天上的云
山顶的云
水里的云
你就会感觉到
身体像朵白云一般
轻了

雾

如果没有雾
这山就少了神秘和妩媚
轻纱半掩
昙花一现

从何处来　往何处去
那么多的话题　到了这里
也只好
欲说还休

泉

清凉境界　也有
另类的温暖
环球同此凉热
这才是寻常人间
如果是酒
倒是不用再温了
不管多远　只要一碗
不问天上人间

黄姚四意

1

是临江仙

也是声声慢

唱黄姚

不宜水调歌头

小桥一句

流水一句

最后一句

放在斜阳里

2

是大写意

也细工笔

画黄姚

需要松烟老墨

一泼是春雨

一抹是竹枝

最后的题款

印在月色里

3

晴也好
雨也好
四时皆宜到黄姚
春看风吹柳
夏随云逍遥
秋寄一片叶
冬饮炉边烧

4

写黄姚
我要把你带上
最好是在小巷的拐角
遇上　那些花啊草啊
都是熟悉的
眼角眉梢
没有长亭短亭
只剩夕阳古道
大榕树下那座鸳鸯桥

越过一万座山去找你

——致河池

天峨是一座山
凤山是一座山
大化是七百座山
都安是千层岭万重山
寻找你
我需要越过一万座大山

水也有
宜州有下枧河
罗城有小长安
巴马有盘阳河
当然
还有红水河
三十三道弯　三十三个滩
一弯一天地
一滩一山川

天造地设的山水
它们都怀有一个共同的目的

如果我累了
我就走不过那座高山
跨不过那条长河
如果我厌倦了
风会把我吹走
像一片树叶
而你始终在一万座山的那一边
长发如瀑

肌肤胜雪

我知道大山的情义
我知道河水的秘密
蛙神曾经告诉我
铜鼓曾经提醒我
站在山上才能高过大山
越过河水才能驯服大河
只有吻住你的双唇
才能听到你
夜的低吟

我无所畏惧
一座山是山
一万座山也是山
一道小溪是水
一条长河也是水
我只当是你的眼眉
你的腰身
你的
嘴

这样　我每一天
醒来
山就在脚下
入睡
水就在梦里

不知从何时起
你就成了我的故乡
我的爱人
成了我笔下
最后的也是最销魂的
妩媚

都安

每次从高速公路走过
我都默念这些地名
大兴
拉烈
高岭
下坳
它们分别对应一个人

想到他们
就想到西乡塘　相思湖
民院四坡三栋411
还有四年
贫穷到奢侈的
青春

大化

红水河被拦了
一道坝
世间千般道理
在这里大而化之
上善
若水

水是柔软的
但它也有骨头
那是亿万年修炼而成的
舍利子　又叫
大化石

东兰

将军拔剑
四野苍茫

山上的岩洞里
你的名字
和叛徒的名字
同在

老旧的房子
门前有竹
塘里的水早干了
通往后山的路
有蝉声覆盖

那么多年了
老乡们谈起你
依旧亲切
如清明蒿莱

南丹

山上
穿着白色裤子
敲着长鼓
酒量很好的
是我们的
瑶族兄弟

所以这里必须有一个
酒厂
必须有一种酒
泉水一般日夜冒出
不然
不够喝

那一年
我在洞里藏了一坛丹泉
从此　逢年过节
我都会想念
南丹

巴马

1

跑得快的
叫千里马
能打仗的
叫战马
画在纸上的
叫奔马

最长寿的
叫巴马

2

晚饭时祝酒
我的同学周龙说
巴马这个地方
喝到自然醉
睡到自然醒
活到自然老
老到自然死

想一想
如果一个人七十岁去世
到他一百周年诞辰
他的坟墓
已经被祭扫了三十年
而在巴马
与他同龄的那一个
还在劳作

3

昨晚喝了很多酒
临睡时头疼得厉害
按以往经验
第二天
得继续头疼

现在　我被各种鸟鸣唤醒
在床上晃了晃脑袋
像从来没喝过酒一样
这个地方
连空气都能解酒
难怪
人活得那么长

罗城

有好看的山
好看的水
所以这里
男人俊秀
女人妩媚

别的地方也有俊秀
但文气没有这里丰沛
别的地方也有妩媚
但歌声没有这里让人回味

天黑了　夜冷了
我累了
但我还是要赶去一个地方
那里有一盏灯
一盆炭火

宜州

从南宁出发
向北157公里到来宾
继续向北60公里到新兴
在这里往西再走100公里
到宜州

到这里就不走了

慢慢欣赏一条河
以及河边的村舍
山不高
对我颔首致意

这个园子很安静
旁边是座桥
还有河水
一年四季我都来过
看见过花开　叶落
你穿什么衣服
都很美

在那个遥远的传说里
歌仙是有爱情的
她的情人叫作阿牛
山歌其实就是诗歌
她就是诗人
诗人就应该有
美好的爱情

后来我知道
宜州往东北过去不远
是罗城
再往西
离金城江也很近

凤山

1

不能不说说三门海
山和水在这里完美交融
还有人　穿行其中
仁也好　智也好
探寻生命的密码
需要打开三道门
一道是山　一道是水
还有一道是心
分别是沉静　包容
和自然

2

这些巨大的洞穴
不是用来装流言的
它们是山的胸怀

云朵飘进去了
出来变成清风
尘嚣灌进去了
变成无言

3

我用了十年时间
只来得及看了两眼凤山
所以我特意用文字
酿成一壶酒
敬凤山一杯
她随意
我喝干

天峨

我只到过谷里
这个地名让我着迷
它令我想到水田和山谷
稻花香里
月照清荷

谷里是个村子

它是作家东西的故乡
有一年冬天我们来到谷里
在东西家里围炉
吃酒　聊天
进村的沙土路该修一修
山下的水库淹没了小时候的路
天那么冷　孩子们
如何去上学

后来我醉了
睡在县城的酒店
醒来只记得谷里
到现在回忆天峨
总是有些模糊

所以每次见到东西
我都喜欢听他
说说天峨

环江

最好的东西
在这里叫作
香

其实山也香
山上的竹子也香
秀丽的花竹帽
更是
罩着一身香

饭菜香
草木香
笑也香歌也香
你的梦里
谁的故乡

故乡草木

我决定　用最朴素的方式
歌唱我的故乡

这里有大山大河
有香樟树　苦楝树　杜鹃花
有大瑶山　圣堂山　红水河
它们沉默　流淌
都很朴素

这里也是盘古的故乡
创世的洪流中
葫芦沉浮　兄妹执手
他们流泪　欢笑
也很朴素

从此故乡就一直朴素了
爷爷和奶奶穿着朴素的衣服
操持平常日子
他们生了我的父亲　伯父　叔叔
和七个姑妈
那个叫作凤凰的小山村住着外公外婆
他们喂猪　养鸭
砍下毛竹做成扁担
拿去街上卖　家门口那条小路上
我常常能够见到
赶集的外公

故乡的语言很朴素
壮话　瑶话　官话　客家话
它们和平相处　一点也不张扬
像门前黄皮树上的果子

金黄　甜香
迁江塔　鳌山庙　蓬莱洲
也不张扬　召集善良的神灵
护佑我的故乡

水稻是故乡最常见的草
它们是故乡最重要的生命
我看见妈妈　姑姑　姐姐
在夏日最酷烈的太阳下　弯着腰
不停地插秧　久了
她们也都长成了
朴素的庄稼

甘蔗是故乡另一种草
它们负责生长甜蜜
顺便让我的堂哥　堂叔　堂弟
忙碌一年并且有个好的收成
然后陆续把旧的泥土房
改建成楼房
再铺上自来水管
通往村里的道路也不再泥泞

所以我一生
对故乡的水稻和甘蔗
顶礼膜拜

乡亲们是故乡最生动的
草木　是的
草木
谁说人非草木
其实人是会说话的草木
能思考　相爱的
草木
也是可以燃烧的草木
所以每次想到故乡
都很温暖

这么多年我离开故乡

但春节　清明　中秋
这些节日总让我回到故乡
在每次填写表格时
籍贯栏里工整地写上故乡
说话的时候用口音保存故乡的密码
生一个孩子　让他传承故乡的
基因

故乡叫作来宾
您是从哪里来的呢
草木是时光的过客
故乡您是谁的宾客呢

今夜　就让我做故乡那棵
被移到城里的香樟树吧
朴素地醒着
用月光和春雨
用微风和蝉鸣
思念故乡

在我朴素的文字之上
人们才可以
像尊敬稻谷一样
尊敬我的故乡

武宣

那年
走过一次百崖槽
我的心里
武宣从此是个桃园

山是小时候看熟了的
我的家乡在红水河上游
离这里不远

看到孔庙时
我看到了另一个武宣
（也怪，有文庙的地方
偏起个武名）
可惜当时庙破败着
像一本破旧的书
无可圈点

文无第一

有孔庙已是圣殿

武无第二

太平天国的兵马曾经点燃狼烟

假如把时光翻检

那一页页泛黄的述说

绝不仅仅是

八女成仙

象州

先是温泉
让我结识了暖暖的象州
地心里涌出的热流
升腾为五彩云霞
淌过的地方
稻花开遍

接着是郑小谷
这个岭南才子
他对家乡是那么留恋
爱读书　更爱女人
旧时的象州
被他以古文的形式
铺陈为诗

然后
当我吃到象州红米
我理解
这是大地的恩赐

有诗
有温暖
有大米
这分明已是
最好的人间

金秀

圣堂山太高
爬一次
不够

第一次遇见大雾
大山的表情哲人般隐现
近处已是峥嵘

抬首依然无限远

第二次看花
云霞落地化作五彩杜鹃
顺阶而上
仿佛检阅四季　行走在
另一种人间

第三次就是日出了
如果没有日出
登山者的脚步只能止于山巅
鸟飞蓝天其实心才是翅膀
磅礴东方
风起山前

这片山还有一个名字
叫大瑶山
它和一个叫作费孝通的名字
紧密相连
当年他和新婚的妻子来到瑶山
山寨的夜晚
温暖的烛光映照两张青春的脸

你如果受过大山的恩惠
你就会了解
并敬重
瑶族

合山

这个地方原来盛产
煤
因为这个
那些长在水田里的稻谷
受到冷落

煤不就是亿万年前

死去的树木吗
木生火
而火生土
土又生金

直到煤被挖光了
人们才意识到
金克木
而火又克金

两山相合
就是出了
这里的人都说
合山人
要走出去
才有出息

忻城

莫老爷在这里盖了一座房子
留下一份文化遗产
叫土司衙署

其实就是土司莫老爷
办公和居住的地方
世代相袭
代表朝廷
管理地方

土司不就是土皇帝吗
一手遮天
是皇帝的拿手好戏
也是用来葬送江山的
本领

好在土司早已不在了
但大好的江山还在
一条弯弯的红水河边
一个堂堂正正的忻城

兴宾

从前是叫来宾的
再往前　好像叫作水落
水落比起来宾
显得苍茫而且动感
来宾
更像是匆匆过客

自从来宾被用来做一个新的地级市
名字之后
来宾县就不存在了
变成一个城区　叫作兴宾
兴宾虽然是个城区
但它离城市还有距离
那些山　比如金峰山　鳌山　古松山
它们愿意待在乡下
离稻田近
方便麻雀飞翔

红水河的名字没改
只是我们都叫它红河
就像我们小时候在村里
每个人都有个名字
等上了学再另取一个学名
学名叫作红水河的红河
流过从前的水落和来宾
现在又流过兴宾

我怀疑水落这个名字
跟红河应该有莫大的关系

蓬莱也是
不是那个仙境
兴宾的蓬莱是个洲
比一艘航母大不了多少
树木葱茏
红河水流过四季的声响
时隐时现
如果下一场雨
在蓬莱
还能听到过去的歌谣

这种歌谣也叫欢
没有乐器伴奏　纯粹清唱
大部分婉转　有时也高亢
闪亮登场的那位
刚刚结束在田里的劳作
和欢同场的可以是师公
他们的服装较为隆重
而且需要起舞
口中念念有词

那个叫作新桃的村子
就在兴宾
几百年了也没出过一个名人
我读到大学时学会了写诗
除了爱情
写得最多的是故乡
但那只是一种意象
稻田　老井　甘蔗地　榨油坊
我都写过
直到现在我才告诉世人
我就出生在新桃村

外婆那个村子叫作凤凰
我不知道这个诗意的名字是怎么来的
因为壮语里这个村子的名字跟凤凰
毫无关系
但我喜欢凤凰这个名字
那么好的外公外婆
那么漂亮的表姐表妹
就应该生活在叫作凤凰的村子
还有　最重要的是
母亲出生在这个地方

在水落　在来宾　在兴宾
如果没有新桃
没有凤凰村
跟我就没有任何关系了

我离开来宾有三十年了
水落离得更远
现在
我还常常回到兴宾
给父亲母亲扫墓
跟留在那里的中学同学喝喝酒
那些几乎是一夜之间崛起的密集高楼
很难让我联想到故乡二字
仿佛它们是长在一个陌生的地方

夜晚在崇左散步

春天快要过去
夏天还未到来
木棉花早已零落成泥
高大的树干上现在是叶的嫩绿
我
走在崇左的夜里

马路是新的
办公楼是新的
地王是新的
博物馆是新的
湖和湖水
都是新的

左江流在不远处
夜色淹没了涛声
但阻挡不住水的气息
边境线离这里很近
风里飘动一面面国旗

高楼不多
人不多
临街的店面
有人喝茶
有人吃酒
有人下棋

我走了很久
绕了一大圈
绕不出月色关照

一些人的名字
被同行的朋友反复提起

这个城市不大
也不小
我这样的人偶尔来到
就像宽阔的水里
游过一条陌生的鱼

这里已经是中国陆地的南端了
我走着走着
感觉内心与灯火一样
变得斑驳迷离

花山

在壮族的母语里
我们叫它岜来
意思是有麻点的山
跟花草毫无关系

用汉语译成花山
这山就美了

仿佛满山都是野花
香到天外

但神秘注定属于岜来
壮语的岜就是山
那些悬崖上满布斑驳
的山
是祖先留下的
天书

也许一千年
也许一万年
谁画上去的
怎么画的
这些对我们不重要
岜在那里
峭壁如练
正好记下寓言

舞动　搏杀
欢庆　祭祀
应该有酒如明江深流
大口喝下
大嗓子吼
云散霞飞
家园明媚

一千年过去了人们如今叫你花山
再过一千年明江岸边依旧是花山
哪怕山上没有花人们也叫你花山
阳光照着风吹着百鸟在飞
时光其实不是水是你额头上深深的凝眉

春天在大新看见木棉

一路走来
在山与山之间
在空阔的野地上
我一次又一次
遇见
春天的木棉

它们有的成片站立
有的三三两两
甚至有的
独自盛开

共同的是一律都举着
火一样的红
不见绿叶
花朵独自在枝头傲然
高调而张扬地
标榜王者之艳

最震惊我的
其实不是花朵
（这样的花城里也有）
而是它们站立的姿势
头颅高昂　枝条完整
像一个四肢健全的人
而不是我们在城里见到的
那些只剩一根树干
骨头一般凄然矗立的
进城木棉

想到这些
我不敢再走近这里的木棉
我害怕它们会问我
城里的兄弟过得可好
有没有山风吹过
小鸟唱歌

我没有勇气告诉它们
城市繁华的
真相

龙州

1

人为刀俎
谁为鱼肉

这刀我从来都认为是龙州菜刀
肉下面的砧板
就是龙州砧板
有了菜刀和砧板
这日子就有了响声
和肉香

2

龙州女人
跟别处不一样
头发黑亮
眼波流转

一袭长裙
黑的黑
白的白
红的红

风吹柳枝
雨打莲叶
她们一开口
你就知道
这是龙州

扶绥

这里出过
一文一武两位名人

文是作家陆地
他写了《美丽的南方》
和《瀑布》

武是将军吴西
身经百战　大难不死
活了一百岁

像是一幅水墨山水
嵌了两枚印章

德天瀑布

这是木棉花吟诵时
最深情的伴舞
这是归春河千百年
不绝的歌唱

水流过心里
能澎湃成这样
就算死去
也是一往无前毅然决然的
绝响

我知道
在你一跃而下之前
早已泪别青山
如果有来生
再与白云相伴
做一条蓝刀鱼的故乡

友谊关

一座关楼
月光下冷立
今夜无雨
凉风阵阵拂过
你在低语

我知道你说的
是月光故事
那个夜晚
木棉花在树上起舞
偶尔落下的露水
琴声一般
划过三月

关的那一边
也是山
山上也有月
但我只爱这脚下的地
如同
爱你

后记

“为什么我的眼里常含泪水？因为我对这土地爱得深沉。”当我把《八桂颂》的最后一行写完的时候，想起了诗人艾青的这一名句。这应该也是我写作《八桂颂》最直接的动机和最重要的驱动力。

我出生在桂中，小时候在农村长大。我是广西人，是壮民族的一员，是广西5400万各族同胞的一分子。我在广西上小学、中学和大学，毕业后在广西工作。几十年过去，“广西”两个字，已经像与生俱来的胎记一样，印在了我的身上，成为身体的一部分，无法分离。记得小的时候，第一次出远门，是到离家不过80公里的柳州。少年的我，第一次来到城市，见到车水马龙，见到楼房霓虹灯。站在柳江桥上，我不敢往下看，因为腿会发软。那时我以为，鱼峰山就是世界上最美的山峰。

后来上大学，我才第一次来到南宁。人民公园的古炮台、南湖公园的大王椰、邕江大桥和冬泳亭……成为我最初的首府记忆。再后来，参加工作以后，下乡、出差、节假日旅游，我把八桂大地几乎都走了一遍，有的还一去再去。最北边的桂林兴安、资源、龙胜，最南边的北海涠洲岛，西边的靖西那坡，东边的梧州、玉林，山水之美已毋庸赘言，民风之醇更让我心醉。这是我的家乡，这是我的乡亲。我对这片土地和乡亲的热爱，慢慢变成了一个歌手自然的歌唱，一个诗人本能的吟诵。

这么多年，除了广西，我当然也走过别的地方。全国省级行政区，除了西藏，我全走遍了，包括港澳台。欧洲、美国、澳大利亚、东盟各国，也都走过。无论走到哪里，无论别处的风景如何美丽，我总觉得还是广西最好。哪里的山水都比不上桂林山水，哪里的美食都不如广西的米粉、粽子，哪里的水果都不如广西的芒果、沙田柚，哪里的歌声都不如《山歌好比春江水》……因此，当我决定要用诗歌的形式写一本关于广西的书时，“八桂颂”这三个字第一时间冒了出来。其间有一阵我有些犹豫，担心这个书名是不是太直白了，曾经考虑过用别的书名，但后来还是觉得《八桂颂》最好。我就是要给广西写一部赞歌，我就是要歌颂这片神奇、美丽、多情的土地。我别无选择，我责无旁贷。

于是我从南宁写起，然后是柳州、桂林、梧州……一路写下去。我原本打算是14个市每个市一首，然后每个县（市、区）再写一首，再加上历史人文等。后来在写作过程中，这个计划稍有改变。我也不再拘泥于某地某事，我想让自己的感情自由表达。

需要说明的是，广西值得书写、颂扬的东西太多。广西各地都有别处无法具备的自然和文化资源。而我的文字，注定只能专注于某一角度，停留在某一层面。这是个人体验和审美的差异，是客观，也是局限。如果时间允许，我也许可以慢慢去体验，去完善。但很遗憾，我不是一个专业的作家，我只能在工作之余，在规定时间内努力完成“作业”。所以，如果有读者认为某地写得太少，或者该写的没有写到、没有写好，我都认账。我愿意在以后的时间里继续抒写，用来偿还这笔欠账。

这本集子里的诗歌，绝大部分是2014—

2015年创作的，因为要在规定的时间里完成，我也就只是埋头写，顾不上给报刊投稿。所以其中只有很小一部分在刊物上发表过。这次能在“八桂颂”的主题下，把这些作品集合在一起，或许更能够反映一个诗人对家乡的情感。

“红豆生南国，春来发几枝。愿君多采撷，此物最相思。”如今的南国广西，更是处处春色，惹人相思。我的《八桂颂》，就算是一串相思的红豆吧。

感谢自治区党委宣传部拨出专款用于扶持重点文学创作项目。这本集子的出版，正是得益于这项扶持举措。感谢广西人民出版社的编辑为我们这批作品的编辑出版付出了大量的辛勤劳动。书中所用图片得到广西摄影家协会的大力支持，在此一并感谢。图片如有涉及版权事宜，敬请各摄影师不吝联系本人。

愿祖国荣昌，八桂吉祥。

2015年11月30日于石在居